烏龍院 Q版 四格漫畫 活寶

第4卷

作者——敖幼祥

烏龍院活寶人物介紹

長眉大師父

烏龍院大師父，面惡心善，不但武功蓋世，內力深厚，而且還直覺奇準喔！

大頭胖師父

菩薩臉孔的大頭胖師父，笑口常開，足智多謀。

大師兄阿亮

原先是烏龍院唯一的徒弟，在小師弟被收養後，升格為大師兄。有一身好體力，平常愚魯，但緊急時刻特別靈光。

烏龍小師弟

長相可愛、鬼靈精怪的小師弟，遇事都能冷靜對應，很受女孩子喜愛。

貓奴

為青林溫泉中的神祕女子傳令，浸浴青春池後，變身為俏麗女孩，身手靈活，武功高強。

八斤

貓奴身邊的貓，深具靈性，常以失控的行為表達意見，缺點是毫無方向感可言。

沙克・陽

煉丹師沙克家族的第三十三代傳人，與雪人族有意想不到的淵源。

無塵

沙克・陽的左護法，寡言寡情，喜怒不形於色。

有儉

沙克・陽的右護法，善於清算功過、掌控金錢。

四鳳凰

水觀音座前四鳳，分別為「梅」、「蘭」、「竹」、「菊」，強悍而具有魄力，下手毫不留情。

目錄

第25話 善念天斧柄

我去引開她們，
你去救人質！
喂！
我在這裡！
人質呢？
大師父
救救我們！
人質也追來
幹什麼？

大師父居然
自己溜了！
這叫「調虎離山計」，
他馬上會回來救我們的。
他真的回來了。
看！我說得
沒錯吧？
這招調虎離山
用得真失敗！

讓我來幫胖師父解毒。
哇塞！真是神奇呀！
胖師父身上的毒都被她吸出來啦！
……
用力過猛了……

抓住長眉！
快扔炸彈，
擋住去路！
BOOM
BOO
笨蛋！不是叫妳把
自己的去路炸毀！

不好！
要被追上了！
RUN
RUN
RUN
幸虧我有
祕密武器！
傻女人，
慢慢走吧！
!!!!

長眉，這次你插翅難飛了！
沒辦法！這是妳們逼我的！
老頭子想自殺嗎？
ZA
還有這招 ?!
AWAAAAAA
BOOOOOM

中了我的毒針，
一運功血管就會
爆破！
我不信！
誰說會有事的？
!!!!

別理我……
妳快走……
哼！
有辦法?!
哈！
你搶先去吃掉長眉，
不要被林公公吃！

我要把你吃了！
長眉我來救你！
櫻！妳真夠義氣！
咦？
咦？
?
咦？
?
忘記帶武器了，只好下次再救！
女人真靠不住！

上！
哇！動不了，腳生根了！
哼！幸虧我有絕招！
蜥蜴自斷術!!
不好！斷錯地方了！
HA HA HA HA

我是無敵肌甲
林公公！
囂張！
白虎去修理一下他。
吼
DON
KK
PATA
SLOOM
AAAAAA
喲！
皮毛不錯哦！

我要把五老林燒掉！
HONG
不准傷害五老林！
好強悍的內力，把火全打滅了！
笨老頭，樹都被你內力打倒了！

快交出活寶！
沒了，活寶被我吃掉了！
怎麼辦？
怎麼辦？
太好騙了，真是肌肉發達，頭腦簡單！
哇
那吃掉你也是一樣了！

糟糕！
櫻的手被
扯斷了！
我沒事！
對呀！
你是不死櫻，
樹孤魂！
我將長出更強的
雙手打敗他！
要多久？
按櫻樹的生長
速度，四、五十
年就行了！

四小姐要顯出
本相了！
難道……
難道是要和敵人
同歸於盡？
顯出本相也
嚇不了本公公！
自爆型恐怖份子！
死

我要跟你同歸於盡！
哇！
幸虧帶了降落傘！
別高興得太早。
救命啊！

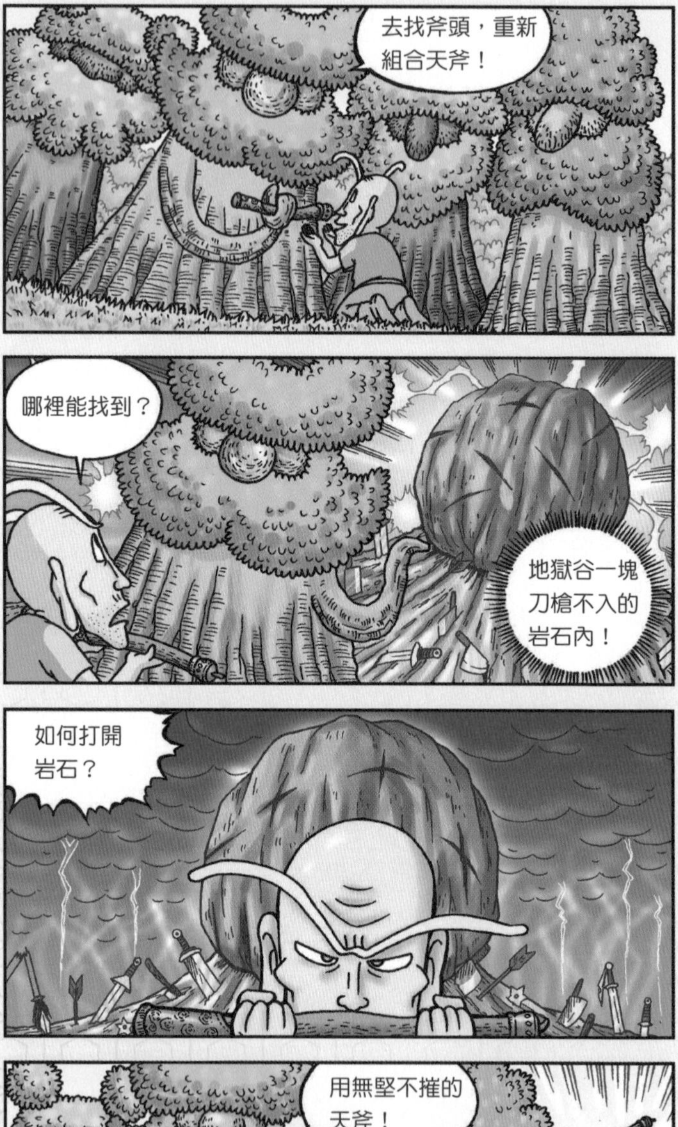
去找斧頭，重新
組合天斧！
哪裡能找到？
地獄谷一塊
刀槍不入的
岩石內！
如何打開
岩石？
用無堅不摧的
天斧！

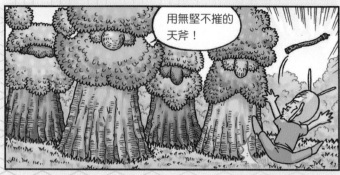

活寶變邪惡時，
你用這把天斧
降伏他！
放心，到時我就
把他殺了！
長眉變邪惡時，
用這解決他。

大姐不是被
林公公摔死了嗎？
肥肉多，
沒摔死！
好厲害！
你怎麼也沒死？
我瘦，
是飄下來的……
你更厲害！

唉，櫻就
這樣走了……
失去主人
一定很傷心吧！
哇！
我幫你找個
新主人吧！
出售白虎，
價格從優！

我不會
收留你的。
哇！原來是隻
變身虎！
那好，以後你
就跟著我吧！
長眉！你
沒良心……

自從櫻死了之後，
他就變得愁眉不展。
要想個辦法
刺激他！
嗯。
不好！外邊
一大票女生
點名要找你！
貼了徵婚廣告，
刺激一下大師父！
征 婚

超感動！
終於可以吃到
荷包蛋了！
胖師父，
神木村的百姓
要來感謝您。
本村五十戶居民，
感謝烏龍院大頭師父
的再造之恩。
特別準備恩人最喜歡
的東西以表謝忱。
每家獻上八十八個荷包
蛋，一共四千四百粒。

第26話
貓奴遮情報

啊！那隻特怪貓狗組的貓老大!!
喵
不是應該還有三隻小狗嗎？
汪！
哇，小狗已經這麼大了！
然後，肥貓變成了跟班嗎？
真是風水輪流轉……

汪！
狗來了！快把廚房裡的烤肉藏起來！
汪！
哇！擋不住啦！
汪!!
怎麼樣？找不到了吧!!
好厲害！你藏哪裡了？
嗚
嗚——
藏在我肚子裡絕對安全!!
嗝……

咦？怎麼都在
流鼻血呀？
樹……
天氣太熱，
頭暈撞樹了嗎？
我們也去看看
怎麼回事！
樹……樹上的小姐
好漂亮……!!

哇！
那不是貓奴嗎？
好……
好漂亮！
哼！突然
大了這麼
多呢！
怎麼樣？
羨慕吧！
一個比我大的老
女人，過不了幾年
就三十了吧！
喵

哇！貓奴突然間長大了 ?!
這不就是青春池的魔力囉！
!!
嗯！
嗯！
不要老盯著人家看啦！喵——
耶！我們朝著下一個目標前進吧！
青春池
把小雞拿到池裡泡一泡！
一下子就大了，真方便呢！

擅離職守，陣前退縮，你可知罪？
我……我知罪。
我得翻翻看到底應該判哪條罪！
什麼？居然……居然沒有觸犯《沙克鐵律》！
咕！
這本判書以外的罪一律鞭打三百下。
太詐了!!

任務失敗！該罰!!
根據《沙克鐵律》
鞭笞六十下！
等等！
上次不是
三十下嗎？
最近物價漲得
厲害呀！

觸犯《鐵律》
執行鞭打!!
咻
啪
噼
啪
別……別打了，
別打了!!
啪
患難見
真情！
好姐妹！
真夠義氣！
我送妳的
上等綢緞
脫下來再打！

少爺，
你又輸了。
煉丹師右護法 有儉
美妙，
太棒了！
厲害得
太完美了！
我不帥，
但我很厲害。
太帥了！
太有個性了！
連輸十七場，
帥到掉渣 !!
呿！不就
長得帥嘛，
不就是個
馬臉嘛！
不稀罕！

死腦筋 !!
做事都只按《鐵律》！
沙克·陽
煉丹師第三十三代傳人
這樣下去會娶不到老婆的 !!
真的嗎？
還找什麼呀？
難不成裡面還有泡妞攻略？
嗯──《鐵律》沒有規定我娶老婆呢──
那種近乎變態的滿足表情是什麼意思 ?!

烏龍院……!!
這不是欺人太甚嗎 ?!
我要親自去青春池為你們報仇 !!
太帥了！太感動了！
體恤下屬最高境界的主子，
踏著沉穩的步伐出發了 !!
叫那個沙克啥的給我滾出來 !!
看！那傢伙肯定又欠了一屁股債而藉機逃避……

青春池
咕
嘎
呱
哇！青春池的魔力太棒啦!!
蝴蝶！我也要用青春池的魔力變成美麗的蝴蝶。
太無厘頭了，這麼大個皮囊，怎可能讓我只變成一隻蒼蠅??!!

哈嚏~！
大師兄
真可憐。
我去
治治他。
咦？
不打噴嚏了？
嗯！
沒想到大師父
還留有一手！
我進去看看
大師兄。
Woooo~
暈爆！

去青春池時機未到呀！
那……該等到什麼時候？
兩分鐘嗎？
喵——
難不成二十分鐘？還是兩個小時？
不會是兩天吧！
搖頭——
等雙腳僵直，時間就到了！

耐心等待吧！
哈啾!!
意志要堅定!!
哼！
起風了！
時機已到！
我們出發吧!!
結冰啦?!

今天是青春池入口
每月開一次的日子。
呼
呼
向青春池出發!!
呼
天黑了，怎麼
還沒到……
忘記說我們是
在趕三十天後的
下次開放。

跳下去鐵定摔死！
絕不會，不信讓肥貓來示範一下！
來自底部的迴旋強風，會把物體托起！
肥貓已經安全著地！
缺點是全身毛會被吹光光。

不好！
要錯過入口了!!
喵
PATA
哈哈哈！幸虧有肥貓呀！
安全啦！超讚的！
呵呵！有如神助呀！
說話太大聲，雪崩啦!!

這裡就是
入口嗎？
難怪，我已經
感受到這裡奇異
的氣息了！
周圍都結滿
了冰，卻一點
不覺得冷。
沒常識呀！
那是水晶根本
不是冰……

肥貓突然跑啦!!
喵！
動物嗅覺比較靈敏，去看看他發現了什麼！
是入口嗎？
相信貓的感覺！
臭魚哇!!

哇！好多半人魚的屍體！
這些都是水將軍失敗的實驗品。
難道他想建立一支魚人軍隊統治世界？
不，他們只想拍《人魚傳說》。
道具。

我們似乎被跟蹤了！
後面有幾堆雪在動。
小心，這是傳說中使用土遁術的忍者。
我來對付。
竟然……將忍術和少林鐵布衫如此完美地結合 !!
斷了 ??
咦？誰敲我後背？
誰把我們的下水道挖到這種鬼地方啦？
忍者龜！

有兩個陌生人呢！
嚇嚇他們吧！
可是我怕樣子不夠恐怖，嚇不到他們。
鬼呀!!!

第27話
無塵與有儉

你看這雪人
多可愛！
可怕，背後……
好可怕啊……
真是膽小，
雪人也怕。
哇！是雪人族啊！

這些年脂肪和
長毛銳減！
再這樣下去
會凍死的！
HU HU
哈啾！
不用擔心，
雪中送炭來啦！
哇！
謝謝您!!
可惡！被
沙克・陽那
小子騙了！
吃了那麼多炭，怎麼脂肪
和長毛還沒長出來呢！

雪霸王，三個陌生人
從風口跳下去了！
!!
那裡是懸崖呀！
我們過去看看！
嘿！
你們是……
拖稿太多，頂不住了。
漫画家

陌生人就是從這跳下的！
青春池入口一定在下面。
少爺！危險！不要跳下去！
不入虎穴，焉得虎子！
少爺——

SHOOO
虎穴
又下來
一個 !!

我們向地獄谷進發！
地獄谷離這多遠？
三天或三十天。
三天？三十天？怎麼計算出來的？
我走用三天，你腿這麼短，就要用三十天。
bai

哇！有兔肉吃！
等等，
後面還有。
哇！狗肉
更好吃！
等等，
後面還有
更好的！
再等等，或許會有比
老虎更好吃的肉！
太強！什麼
都沒得吃了！

你的病
還好吧？!
哎喲！
越來越
嚴重了……
別急！我煮
地瓜湯給你吃！
哎喲！
煮好了！
把地瓜湯喝了，
病就會好的！
可是……
我得的就是
地瓜過敏症！

暴風雪來了，
到前面豬屋避一避！
打擾了！可以
借個落腳地嗎？
快進來吧！
喂！你們的房屋
還真是簡陋……
你將就點吧！

哇！是地瓜湯！
咕嚕
怎麼可以亂喝
別人的東西！
咕嚕
喝都喝了，
別這麼小氣嘛！
算了，算了！
只好再做一鍋！
師父！倒在地瓜湯裡
的毒鼠藥還有嗎？

哎呀！你把
地瓜湯喝完啦！
咕嚕！
咕嚕！
咕嚕！
用兩條冷凍狗腿
來報答你！
不過，
要先解凍！
嘻嘻！鄉巴佬
用兩條狗腿換
我的地瓜湯！
zi
zi
解凍完畢！
NO ！

師父，有烤肉吃啦！
把肉全都烤熟後
叫我！
還沒烤好嗎？
怎麼要這麼久？
快餓扁了，
還是去看一下吧！
全沒了？
五分熟時就
被吃完了！
西餐吃法！

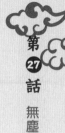

要掩飾身分，
不讓對方知道我們
任何事！
請問，
兩位的
名字是……
我叫
張三。
我叫
李四！
原來不是
你們呀！
那是什麼？
撿到的兩張叫「有
儉」和「無塵」的
白金提款卡！

啊！貓奴的三隻狗
被殺了！屍體
下半身不見了！
如此狠毒，
一定要報仇！
可是萬一對手有
刀又很厲害！
我又沒錢
買刀該
怎麼辦？
這下就有錢
買刀報仇了！
收购狗肉

兩位高手
還要裝多久？
你雪地赤腳，你手抱
重箱狀若無物，都是
常人不能的！
果然還是被識破了！
不過他怎麼知
道我們是魔術
高手？
魔

胖師父！他殺死了貓奴的三條忠犬。
殺狗吃狗，大驚小怪！
別擋我，我要打爆他！
冷靜點……木棍怎能解決問題？
果然是做師父的識時務！
有
要用這些才能解決！

頭真硬！
bai
呀！
看我的！
PING
CO!CO!
砸我頭是沒用的！
我練的是加強版
鐵頭功！
我用的也是
加強版硫酸！

原來你這痞子
叫「無塵」。
!
你居然敢隨便
直呼本人名諱。
是又怎樣？
……絕不
允許……
絕不
允許……
終於要
出手了嗎？
男人身上
絕不允許有
灰塵！
喂──！你有
潔癖嗎？難怪叫
「無塵」。

YADA
YADA
不知誰先撐不住呢？
痞子無塵肯定先撐不住！
dong
長眉老頭才撐不住呢！
peng
原來屋子先撐不住！

不好，大師父要和人開打了！
弟子來保護大師父！
來的正是時候！
真的嗎？
大師父終於認同我了。
看我暗器！
每次都這樣！
看我人肉擋箭牌！

青春池
好美呀！
呀呼！
好像進入夢境
一般。
真讓人
心曠神怡……
彷彿人間
仙境。
喔噢！而且玲瓏
有致，曲線迷人。
♬～
什麼？
你這個色鬼!!

終於找到青春池了！
哇！好髒，你幾天沒洗澡了？
大概十幾天。
喵
你多久沒洗澡了？
這輩子第一次！

投币十元

第28話
奔放青春池

耶！終於找到
青春池了！
POTON！
青春池能讓他長大，
等一下肯定嚇壞他……
果然不出所料！
開始尖叫了！
哇！
身體變大了，
腦袋還很幼稚！

艾飛也在泡
青春池！
青春池能讓人
長大！快去看！
哇！一定變得
青春性感了！
怎麼搞的？
我先
洗頭……

哇！水鬼！
快來救我！
別擔心，我來救你！
剛才大叫的是誰？好恐怖！
是個閒雜人，希望沒嚇到妳。
貪新忘舊！

哇！什麼鬼東西
嚇我一跳！
是兩隻醜八怪動物！
還會說話。
一定是稀有動物，
抓住就發財了！
發現兩隻
醜八怪動物，
還會說話。
一定是稀有動物，
抓住就發財了。

我們是來投奔
獸區的！
接應暗號是
什麼？快說！
接應暗號？
哪有暗號？
沒錯！根本沒暗號，
你果然是 1702 ！

秦軍巡邏隊來了！
快躲起來！
幹嘛這麼
驚慌呀？
那些人最近
經常奪我們
的糧食！
太可惡了！
他們老是這樣
對你們嗎？
嗯，自從他們糧食
被我們搶光以後！

秦軍巡邏隊來啦！
大家快藏起來！
終於全部藏起來了！
糟！自己來不及藏起來……
HALA!
誰把報廢的公仔丟在這裡？
真醜！難怪沒人要！

快聞！找出入侵者！
嗅
慘了！
嗅
嗅

肥貓好樣的！

入侵者在那裡！
笨貓！
牠過來領賞了！

那邊有動靜，有入侵者？
要被發現了！怎麼辦？
用貓解除她們的戒心！
喵！
好主意！
哎呀！
我對貓過敏！
我閃！
喵
喵
把方圓十里炸平！
絕不允許有貓！
爛主意！

不好！
複製人攻來了！
必須拿點什麼去
威嚇她們才行。
不好！對方也有複製人！
起來吧！
我的複製人！

不好！
快爬上珊瑚！
!!!!
嘿嘿，怕了吧！
不敢爬上來嗎？
PA
哇，削尖了！
動彈不得！
哼！

鏗!
慘了！
貓奴夠義氣，出手相助！
咚!
靠！又被踢飛了！
有種再過來！

貓奴，
小心偷襲！
別急！我拔刀
來幫妳！
可惡！怎麼
拔不出來！
EN
咚
啪
啊
貓奴！妳先過來
幫忙拔刀！
#@%
E//……!?
?B%

別打！我們投降了！
真沒用！
關鍵時刻還得靠我去救！
三八婆！已經投降了還打！
啥？

這下
死定了！
我來
救你！
艾飛！
我來
救你！
PUN!
BOM
再換我
來救你！

我方正和秦軍激戰！怎麼辦？
等待最佳時機再出去。
報告隊長！他們打完啦！
好！
現在正是我出面的時候了！
秦軍快束手就擒……
擒擒擒擒……
中看不中用的傢伙！

真怪！她們長得
完全一樣！
因為她們是水觀音
製造出來的複製人！
那管理起來一定
很方便了?!
正好相反！
妳不是剛領過薪水嗎？
幹嘛又來領一次？
妳認錯
人啦！
妳領
幾份？
才三份！

水觀音殘暴，
我們來投奔獸區！
每天工作十個小時，
薪水才兩百……
真是豈有此理！
待遇比我們還好！
投奔水觀音去！

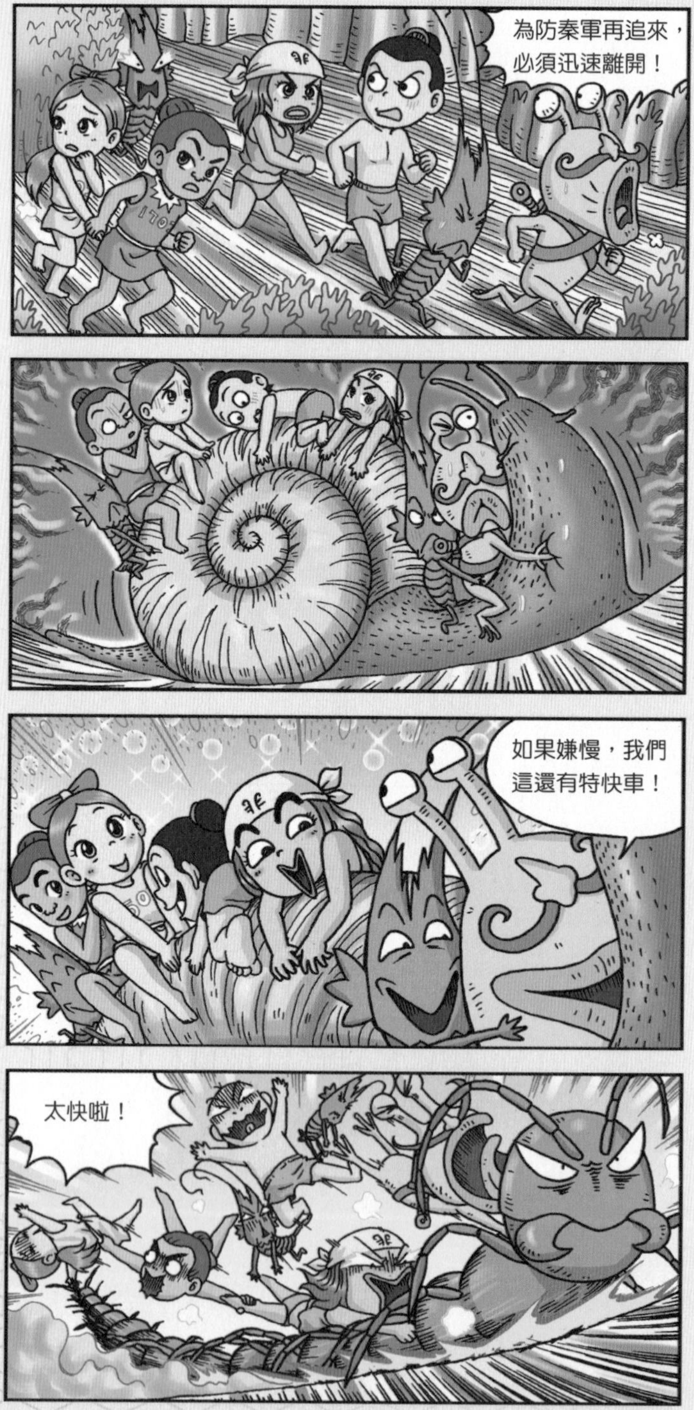
為防秦軍再追來，
必須迅速離開！
如果嫌慢，我們
這還有特快車！
太快啦！

這裡地形複雜，沒熟人帶路，要走八天八夜！
幸虧有隊長帶路。
那我們要走多久？
要十天十夜。
為什麼多兩天？
中間遇到週休二日。

我們總部地形險峻，兇悍的秦軍也難越雷池半步！
真聰明，找到這麼好的地方！
對面就是我們總部！走過這化糞池就到了！
怪不得秦軍難越雷池半步！

到了，這裡就是
我們基地大門！
好氣派的大門！
那只是偽裝，基地
大門在這裡。

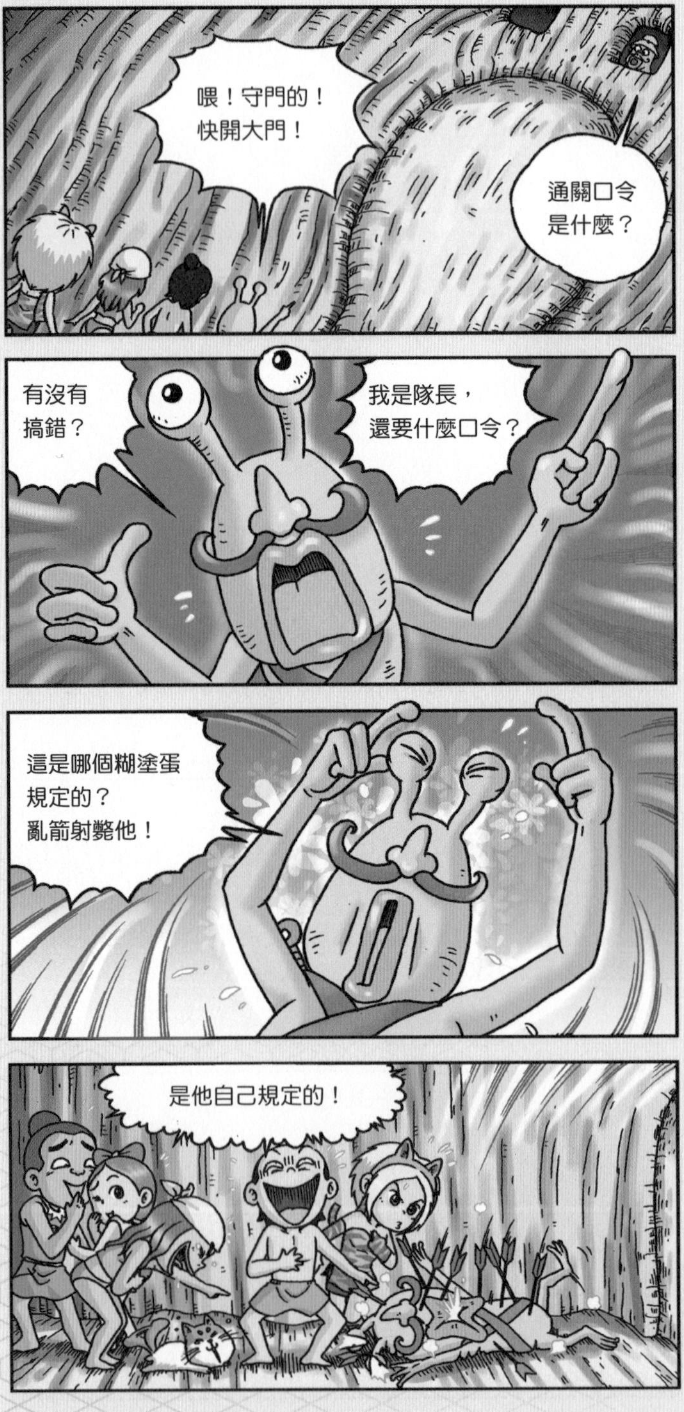
喂！守門的！
快開大門！
通關口令
是什麼？
有沒有
搞錯？
我是隊長，
還要什麼口令？
這是哪個糊塗蛋
規定的？
亂箭射斃他！
是他自己規定的！

第29話
凸眼大隊長

開門吶！
口令是什麼？
糟糕……今天的口令是什麼？
一時想不起來了……
慘！又忘記了……什麼呢？
如此健忘，一定是白癡隊長，快去開門！
HA HA HA HA HA HA HA HA

報告！我已將
1702 安全帶回！
幹得好！
我決定給你這個！
哇！豐厚報酬 !!
明天把這些人
也帶回來！

你居然敢帶
外人進來?!
他們都是在下
的親戚……
那隻肥貓也是
你的親戚？
牠是我
奶媽的
寵物啦！
Meo!!
誰是你
奶媽啦?!

試試他們的
武功！上！
小心！
轟隆！
？
？
？
混蛋！
是誰設計的螺殼！

喵
CO
WA
哈哈！笨貓嚇得快脫皮了吧！
HA HA HA HA HA
老八爪，得意什麼呢？
EEEEK!

你手腳這麼多，
一點都不公平!!
怪都怪你
自己太弱了!!
是你逼我
出絕招的!!
愚蠢的人類，
竟然想用兩隻手
對抗我八隻手??!!
烏龍無蹤拳!!
YAEEE!
罷了！手腳太多
也不一定好吧！

哎呀！
不妙！四肢都
被抓住了!!
CATCH
除了手和腳，
還有一個地方
可以用！
頭鎚!!
RUMB
咳！墨囊被
撞破了！
哇！變成
黑貓了！
Meo!

臭小子！搶走了我的刀！
JUMP!!
我縮!!!
KANG
出來！是好漢就別縮頭縮尾！
KANG KANG
我不出來，你也拿我沒辦法!!
KANG
KANG
KANG
好吧！
我幫你封起來。
有點殘忍啊。
水泥
好狠！

PAK
PAK
POK
午飯時間到!!
勝負未分!!
由猜拳來
速戰速決吧！
老大！你又在取笑
我猜拳的缺陷了!!
只會出拳
的傢伙。
對不起
……

好了！可以住手了！
我的命令從不說兩遍!!
海狗隊長好有魄力！
多謝誇獎。
唔。
剛才說了什麼讓她那麼仰慕我？
海狗老年痴呆症。
……

指揮所是機要重地，
說話要謹慎！
喂！三個人渣來這裡有什麼企圖？!
軍師說話這麼魯莽，有失水準！
啊！我立刻修正。
請問三個肉球光臨此地有何賊念？
頭殼壞掉了呀？!

這裡就是我們的指揮所！
那個大腦袋一定是你們的軍師吧！
!!
哇！好厲害，怎麼猜中的？
終於見識到人類女性的直覺了!!
我家養的豬，頭最大的也叫軍師。
果然，比大師兄頭裡面那隻豬高級……
被發現了!!

我測試過了，
這名男奴會武功！
竟然會
武功？
看不
出來。
武功
武功
對！我會武功，
而且很厲害，
有何指教嗎？
會武功就得到
鬥獸場工作了！
小白臉！
老娘的錢都
壓你身上了！
給我認真打！
WA
WA
WA
小白臉，
一賠十。

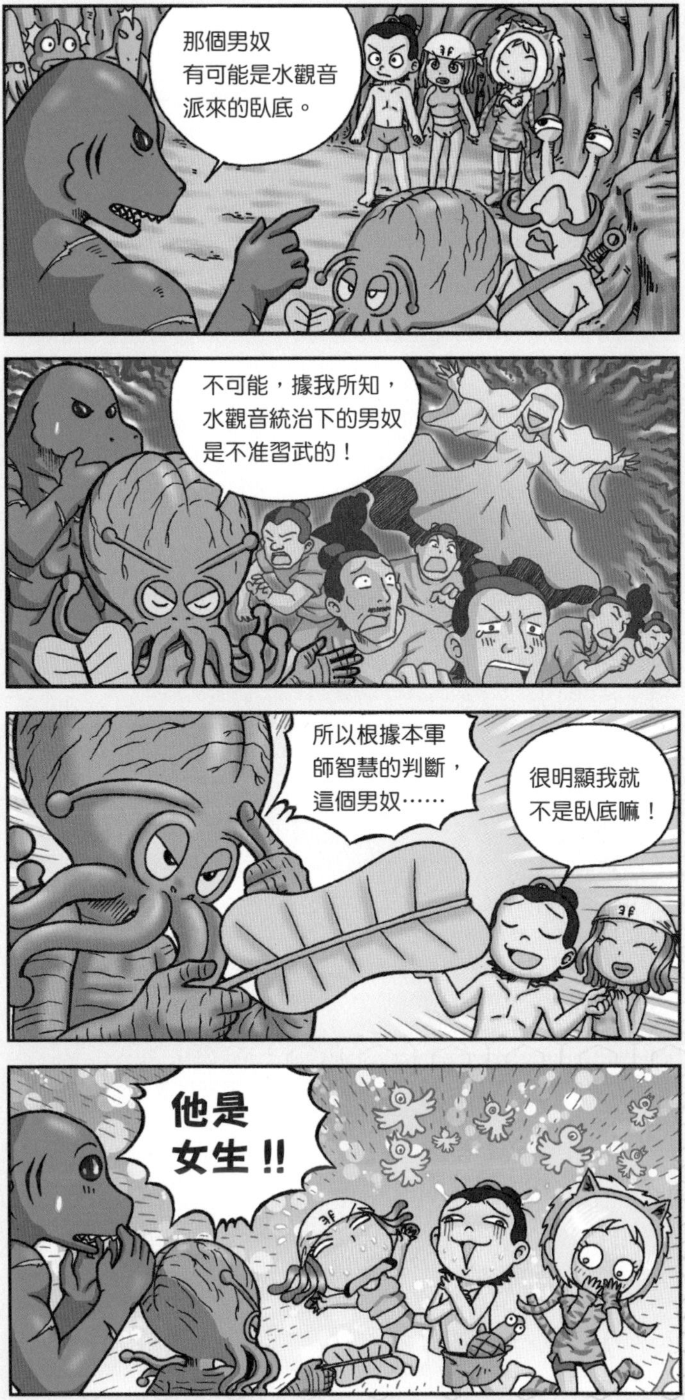
那個男奴
有可能是水觀音
派來的臥底。
不可能，據我所知，
水觀音統治下的男奴
是不准習武的！
所以根據本軍
師智慧的判斷，
這個男奴……
很明顯我就
不是臥底嘛！
他是
女生!!

快說！你們來這
有何目的 ?!
其實我們
是來找……
噓！不能讓他們知道
我們要找活寶 !!
妳這笨貓已經
說出活寶啦！
閉嘴！
閉嘴！
活寶是機密，
妳不能說！
我喜歡八卦
的女生。

我要你去做臥底！
報酬是什麼?!
跟前兩百位臥底一樣！金牌一塊！
老兄！你還真不是蓋的！有兩百枚金牌呢！
啾
啾
啾
金牌只有一枚啦！
只是前兩百名臥底都回不來拿了。
金牌
金牌
金牌
金牌

混蛋！
竟然不想做臥底!!
大哥息怒！讓我去說服他！
小兄弟，做臥底有什麼不好呀？
男子漢要堅持！
薪水高！
福利好！
有特權！
而且水觀音旗下美女如雲，
環肥燕瘦，讓你大飽眼福……
不用他去了，本人親自出馬去當臥底。

一旦複製人製造成功，後果將不堪設想！
這還不是最嚴重的後果！
水觀音的女子帝國將橫掃男人的天下，一統江湖！
哇！她究竟是在幫誰說話呀？
嘿嘿嘿！女生出頭的日子到啦！

要不要去當臥底，
你們好好考慮一下吧！
WA
WA
WALA
WALA
考慮結果
怎樣？
一致
通過！
首付五十萬
酬金！
你好好考慮
一下吧。

沒問題！
我答應你們去做臥底！
爽快！
我欣賞像你這樣豪邁瀟灑的男人。
只不過，還有些細節要商量。
哦？有什麼要考慮的？
聽說水觀音那裡好多女生，漂亮的應該不少！
就算我是去做男奴，也必須要在眾多男奴中鶴立雞群呀！
我該表現得紳士一點，還是活潑一點呢？
太婆媽啦!!
我該穿什麼衣服去比較好呢？
不同的衣服還得搭配不同的小飾品呀！

你只能選擇
一個拍檔去
做臥底。
只能選
一個？

要選誰呢？
好難選擇。

我賭五條魚，
他會選貓妞。
NO，NO，NO，
我賭十條魚他會
選大嘴妹。

我還是選大頭目
比較安全！

傷腦筋，
要選擇誰去
做臥底呢？
不選我的話，
你要承擔一切
後果。
？
!!
對不起……
我不能帶妳去。
沒關係……
你一定有
苦衷……
只怪自己當初向她
借了高利貸。
如果不選她，
利息就加倍了……

這次只能選艾飛，
不能選妳了，
對不起！
請不要放在
心上！
我能理解
你的難處！
太美妙了，太溫柔了！
讓人從心底感覺到溫暖！
兩位安心
上路吧！
臥底會有去無回！
你就帶傻妞去吧 !!
喵

第30話 鐘乳洞飛車

打開閘門護送他們到出口!!
是的！隊長！
這道閘門是我們抗敵的最後防線!!
哇！那一定很堅固!!
當然，想要突破防線，起碼要花三小時!!
!
鎖起來了!!
不過從裡面出去，要花十個小時開鎖。

做臥底前，
先把衣服換上。
只要換上敵人的衣服，就不會被查到了。
這身打扮真的不會被查嗎？
感覺怪怪的！
笨蛋！穿錯衣服當然會被查!!

把頭巾
保管好！
回來之後
要還我！
千萬別弄丟哦！
這是我隨身
攜帶的寶貴
物品哦。
美女的頭巾——
牽魂入夢境——
超臭 !! 幾年
沒洗過 ?!
那是人家用來薰
退色狼的頭巾！

人長得漂亮，
頭巾卻那麼髒！
哼！你們臭男生偏偏就愛聞！
不知羞恥的女生啊！
這麼久不洗頭，一定惡臭！
薰你們這些臭男生！
我這十年不剪的鼻毛也不是白長的。
再臭也聞不到。
那兩條竟然不是鬍子？!
505
702

超臭的頭巾。
!!
好爽！
這濃烈的味道!!
吸！
吸！
吸！
吸！
吸！
好變態……
吸！
吸！
吸！
吸！
三大特點：
1 無須手術
2 不用吃藥
3 無副作用
吸了它，十年
老鼻炎痊癒了！
味特濃
防偽標誌
艾飞鼻炎布
特效
特价
馬上撥打電話 000-1234567
只需198元就能擁有它！

你們此次潛入
帝國做臥底，
任務很簡單！
只要偷偷潛入
敵方，把複製人
的孵化場炸掉就
可以了!!
這麼說，
任務還真的很簡單！
但是……
帶著這個東西去炸，
還能「偷偷潛入」嗎?!
BIG

前往帝國做臥底
危機重重，分分秒秒
都有生命危險！
KON
稍有差池……
必將粉身碎骨……
但像我們這樣的
獸區勇士，卻絲毫
懼意也沒有 !!
不用去的傢伙，
不要給我說得那麼輕鬆 !!!
ZA ZA ZA
ZA ZA
ZA
BYE
BYE

坐上吊籠就能到達祕密坑道。
感覺不太牢固呀！
放心啦！十年來只出過一次事故。
還好！出事率不高！
品質不錯嘛！
少用而已！十年才用那麼一次……
根本就是百分百的事故率嘛!!
KANG

聽說上次吊籠斷了，死了七個人呢……
安啦！早就修好了!!
大閘蟹！吊籠準備好了嗎？
OK 啦！完全沒問題。
看吧！多麼可靠的回答！
哦！等一等！我得先用膠帶黏一下！
完全不可靠嘛！

這麼危險的吊籠，
我可不坐。
沒辦法呀，
這裡只有吊籠和
直升機兩種工具。
直升機？!
我要坐直升機！
帶我們去坐
直升機！
好吧……
相信我！真的
能飛起來哦！
我們還是
坐吊籠吧！

只要八秒
就到達目
的地了！
如果時間計算
錯了……怎麼辦??
安啦！咱有
精密計時器！
對吧！
大鬧蟹！
!
老蝸，
開始計時吧!!
O～K～

送他們去「油鍋」做「點心」。
什麼？想把我們「油炸」了?!
「油鍋」代表「帝國」，「點心」代表「臥底」，這是暗號。
原來如此……
這些暗號真有創意！怎麼想出來的？
以前的臥底被帝國發現後，全被油炸了！
陣亡報告

接下來要坐什麼
工具去帝國呢？
坐最可愛的
鴨鴨船。
哇！
好可愛呀！
這……
錯啦！不是這艘！
應該是隔壁那艘!!
不是這艘？
請！
本小姐怎麼找
不到一丁點可
愛的跡象 ?!

我們就坐這艘船出發吧 !!
再見了，朋友！
一路順風。
我們永遠想念你們。
他們好像很不捨得我們呢。
這裡真有人情味……
我也不捨得大家呀……
以前坐上鴨鴨船的兄弟，一個都沒回來！
好可憐……
喂 !! 是什麼意思？給我說清楚 !!

這艘鴨鴨船是運用先進的科技原理，
加上高級技師精心設計而成的。
聽起來好厲害呢 !!
加上潤滑油的大膽構想，令速度更上一層樓。
咕嘟
咕嘟
咕嘟
505
1702
雖說已經接近完美，
但是還有一個不可突破的缺陷 !!
灌油完成，準備出發！
505
1702
就是還沒有設計出有效的剎車 !!!!
不早說 ?!!!

這艘鴨鴨船要用什麼當動力呀？
就是用船後面那個東西！
哇！就是用那塊大石頭來推進嗎??
不，它是具備監督作用。
不想被砸扁就加把勁划吧!!
是哪一個傻瓜設計的？
GRUM

大家抓緊啦!!
前面沒路了！
放——心!!
這種場面我
早有準備!!
ZOOOOOOOOO...
隊長果然
料事如神！
PON
PON
PON
快告訴我下面
的水雷也在你
的預料之中!!
出乎意料呀！

只要通過這條密道，
就能到達帝國內部。
不愧是隊長！
對帝國的環境這麼
有研究!!
讓人欽佩呢!!
哼！
哼！
不過感覺
有點臭……
因為這是帝國的
排泄物通道……
而我又對化糞池
最有研究……
唔……
美糞!!

泥豬是坑道專家，能挖出四通八達的地下網絡。
好有趣的工作呢。
他好像是在建築迷宮似的。
你們太小看這份風險巨大的工作了 !!!
不小心挖破了化糞池，就有夠慘的了 !!

這個通往帝國的地下道分岔特別多。
沒有泥豬帶路寸步難行，不小心還會送了小命!!
泥豬太厲害了，一定做了很大的努力才開闢這條路吧！
因為機關都是牠設計的，而且兩邊生意都做。
帝国地底引导处
一小时三百元

這個無音哨只有半形人能聽見，遇到危急時就吹口哨呼叫救援！
這兩人是誰？
完全是陌生面孔……
唔……可疑！
這樣下去肯定會被發現……
趕緊吹哨，呼叫救援！
SEESEEE
我們到底來這裡幹嘛……
原來大家都是自己人……這樣就安全了……

帝國是女權至上，所以你要完全服從她。
不准動武！
不准抗命！
不准有意見！
那我不就完全成為她的奴隸了嗎??
小哥！安啦！
你怎麼會是她的奴隸呢？
奴隸！
奴隸！
根據資格，你只能服侍她的奴隸。
主人好。
哇！帥哥奴隸!!超讚的！

第31話
串連東西線

泥豬挖的密道可通往帝國每個房間。
這麼多出口不會被發現嗎？
不會，泥豬的布局巧妙得令人佩服。
果然布局巧妙，出口居然是糞坑。

哇！
好多漂亮衣服！
女生見到漂亮衣服
就投降，真失敗！
SHINE
哇！好多超人和
怪獸模型啊！
男生更失敗！

好多漂亮
衣服啊！哇！
哇！
從來沒穿過這麼
華麗的皮草呢！
到外面一定吸引
全場人的目光。
忘記季節了……
有病！

偷聽一下裡面的人
在說什麼祕密！
用這個能把聲
音放大一百倍
的偷聽器！
嗡
嗡
嗡
嗡
嗡
嗡
嗡

我有個大祕密
要告訴你……
有線索！
打聽敵情的好機會！
什麼祕密？
這個重大的
祕密就是……
外面有個笨蛋
在偷聽我們！

在門外鬼鬼祟祟幹什麼？
不好，偷聽被發現了！
要編個藉口才行！
我只是走錯房間而已。
走錯房間 罰10000元
偷聽 罰10元

大膽男奴竟敢闖進來！
把他舌頭割掉，
眼珠挖掉！
看他嚇得以為
見到怪物！
我都沒有舌頭和眼珠！
怪物啊！

臭男奴，竟敢得罪我們！
哼，不知死活。
我的男奴竟敢得罪兩位，我來教訓他。
為了救你，只好演「苦肉計」了。
行！
PUNCH!
PA!
Doon
好狠！
本來只想嚇一下他而已！

抓住他！
禁衛軍又在
搜捕半形人了！
追捕的人怎麼比
以往還多？
好帥！
捉住他！
超可愛！
好帥！

捉住他！
讓開！
好痛！
我幫你去討回公道！
打狗也得看主人，你給我回來！
哇！這次更痛！
不好意思，人有錯手！

捉住他！
我來幫你們
捉住他吧！
Pa!
Pa!
paan!
夠了！
被打腫了！
都認不出是不是
我們要抓的人了。

那男奴身手
好厲害。
調查一下！
喂！
你這臭男奴，
偷學武功嗎？
怎麼會？我只是
弱不禁風的小雞。
這身肌肉怎麼
練成的？

複製人要
捉走我了！
等等！
真厲害！
連牠們都
被妳嚇走！
我只是告訴她們，
你一年只洗一次澡！
全身跳蚤！
哎！
好癢！

不知小師弟和艾飛
在青春池怎麼樣了？
是呀！
希望不要出什麼事！
兩師父果然性情中人，
心繫徒弟安危。
萬一太早懷孕，
我們還得當奶爸呢！

小師弟和艾飛去
青春池這麼久，
一點消息也沒有。
是呀！
定是只顧著玩，
忘了正事！
要我們現在去
警告他嗎？
不，我也泡
溫泉去！
Boom

唉！
全部線索斷掉！
不知如何是好！
味道
大頭你真沒用，
遇事就亂了分寸。
我們當務之急是
要打探出一個可
靠的消息。
沒錯！
大口
店
先打探出哪家
麵店最便宜！

這家比其他店便宜多了！
是啊！
老闆，來三碗牛肉麵！
哇！終於有得吃了！
百年老店
來來來！大家先一人拿一個！
這玩意有啥用？
是放大鏡，方便在碗裡找牛肉。

老闆，
來三碗牛肉麵！
不！要三碗湯麵，
加多點湯！
這樣划算一點！
老謀深算！
嘖！
咦！喝了這麼多湯，
怎麼麵還沒出現？
還好有根麵！

哇！
湯裡面居然有一塊肉！
見者有份！
各人吃各人的，不要爭。
這麼多肉吃不完啊！

不好！
肉飛走了！
PUTOM
對不起，
濺到妳臉了！
沒關係！
我這是一次性的。

啊！我的牛肉飛了。
去拿回來，順便混水摸魚!!
DO!
不好意思呀，這塊肉好像是我的，還有這塊……哈！
不用找!! 這塊才是你的。
妳怎知道??
因為我的都是雞肉！你的是牛肉。
吱
吱
?
哇!!
BON

滿！滿！
從鄰桌騙了肉回
來孝敬師父喔!!
終於有點
出息了。
不錯不錯！
頗得我倆真傳！
對了，
你是怎麼弄回
這麼多肉呢？
我騙他說肺結核
病人不能吃肉哦。

慘了！吃了癆子吃過的肉！
別擔心！結核是不經食道傳染的。
那就好……
用過肺癆子的東西才會傳染。
咳！
咳！
咳！

第32話
狂暴四金釵

臭小子，搶了這麼大塊肉！
KOM
DON
KA
PA
哇——我的古董桌——！
哇——！快賠我的古董桌！
嘖，這種便宜貨也能叫古董？
我的桌子是正宗「古董牌」家具行出產的！
古董牌

快賠錢!!
KILL YOU~
BUZZ
賠錢 !!
賠錢 !!
BUZZ
算你狠!
賠你就是啦!
唔——!
(這還差不多)
NO RUNNING!
哎——!
全鋸了……
其他是你自己
弄的哦,不關
我事啦——!

說了半天為何還不付帳？
真的沒錢啦！
窮光蛋
那就把這小子留下，幫我打一年工抵債！
打一年工，當然沒問題啦！
真的？
就選他八十歲那年再來打工吧！

我這個百變寶貝
護腕什麼都能變!!
這是啥
東西？
把這寶物押給
你當飯錢吧！
我才不信！
你先變給我看！
小白小白，
快快變成
一個球球!!
EEEEK!

五百元換一個什麼
都能變的寶貝！
太值啦！
變什麼
好呢？
變……
變什麼？
變……
變什麼？
變什麼
才好呢？
不管啦！快變
成世界上最
最最珍貴
的東西！
史前恐龍妹，
夠值錢吧？

這裡只有枯木和荒草。
一定可以
發現什麼的！
什麼也
沒有！
誰說沒有！戰爭
正在進行中！
什麼 ?!
兩方蟻群展開
激烈的攻勢！
KAPA
BOOM

委託我們找活寶的
廢貴人……不見了。
失蹤
據我的推斷，
她肯定是被殺害了！
這樣我們也
不用還債啦！
對呀！
太棒了！
死得好！
想得美，冥幣
等價兌換！

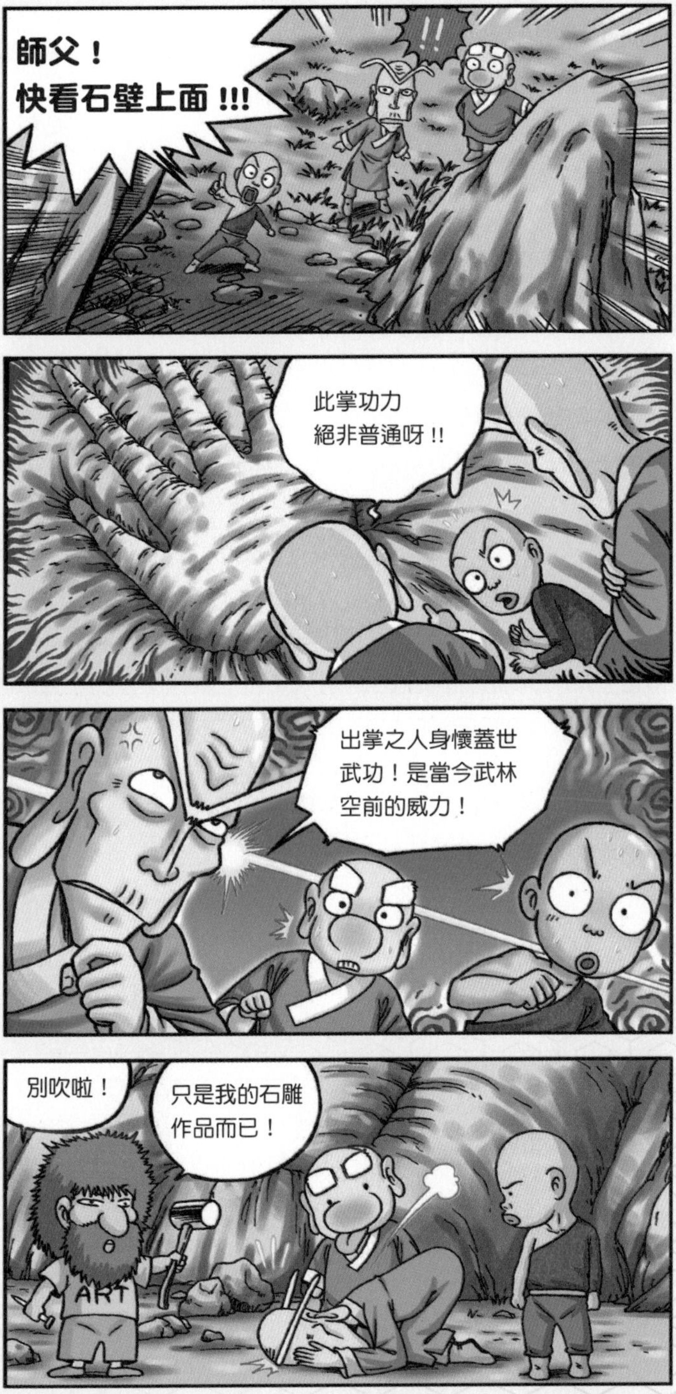
師父！
快看石壁上面!!!
!!
此掌功力
絕非普通呀!!
出掌之人身懷蓋世
武功！是當今武林
空前的威力！
別吹啦！
只是我的石雕
作品而已！
ART

此掌印可以推斷
出兇手絕對不是
常人 !!
那一定是
怪獸 !!
吼
吼
吼
吼—
一招致命，
比怪獸還恐怖呀 !!!
只有大師父
符合條件了。
毫無疑問。

吭
石頭後面有人！
是兇手藏在後面嗎？
三人一起聯手出擊！
猛龍蔽日！
暴龍出洞！
肥龍翻江！
三人聯手，果然石破天驚！
哼哼

噢——呀！太好啦！不用等五百年就能出來啦！
EEEEEEK!
BLOOOM
貧僧不用出場了嗎……
五指山

四小姐的白虎怎麼在這裡？
WOAA~
牠看起來好傷心吶！
……
我來問問牠到底出了什麼事！
你……
……
……
胖師父居然能和白虎溝通！
太棒了！
是牠會寫人的字！

長眉，你怎麼能如此對
待四小姐的寵物！
最可惡的是居然為了三碗麵，
就輕易把牠給賤賣了!!
哇——！
這又如何！
你們不服氣嗎？
你這個笨蛋！沒去看一下市場價格嗎？
一隻白虎起碼值三萬碗麵啊！
哇

大師父怎麼能如此對待四小姐的寵物，嗚嗚……
WA
陰險狡詐
心狠手辣
背信忘義
卑鄙下流
快逃！
好小子！
徒弟跟了師父這麼多年……
你皮癢……
這麼多賤招，也不會教我一些——
DonG
PU

小白！以後不要再跟隨這種無情的人了！
你以後就跟著阿亮吧！
我……
那麼馬上開始我們的幸福生活吧！
從今天開始，你就幫我做家務。
洗衣、洗碗、洗地……
打蚊子、掃廁所……

以後就變成
護腕跟著我！
一有需要時，
要隨叫隨到，
明白嗎？
YES,
Sir ！
召喚白虎
現身吧！
吼
有非常重要的任務
要你完成！
23……
42……
做算術題不夠
指頭用！
49

青林溫泉已是死棋，到別處打探消息吧！
唉！
去哪裡找線索呢？
嗯！哪裡消息最多呢？
弟子知道，
有個地方最容易收集情報！
牛肉
菜市場
東家長……
西家短……
這裡的八卦消息最多呢！
給我過來……

我們是水觀音座前四鳳！
梅！
蘭！
竹！
菊！
我們最擅長的就是逼供！
報告！有犯人不肯招供！
什麼——
還不招供！再……再加多兩條……
好多蟲蟲，太可怕了！
笨蛋！女生才會怕毛毛蟲！

小白臉！給我老實招來，到底是從哪裡進來的啊？
嗚……
哼！我是不小心闖進來的！
啊！
什麼？
大姐怎麼會？
嘖
不可能呀！牆外有中牛和綠綠看守！
圍牆還那麼高……
一定是那小白臉騙人！
我只是被追得狗急跳牆而已！

還是老實招供吧！
休想!!
POOSA
把他淹到水裡!!!
看他還嘴硬!!
哼哼……煉丹師可不是浪得虛名的！
這些蠢婆娘不知道我可是會閉氣功的！想淹死我??沒門！
大姐頭，估計這兩天咱都不用餵魚了吧？
這小白臉身上沒多少肉，估計一天就沒了……
就是嘛……
POOSA POOSA POOSA
當心食人魚

放他下來！
給我狠狠修理 !!!
綠皮大頭怪！
去嚇嚇這傢伙 !!
啰啰啰啰啰
啰啰啰啰啰
竟……
竟然一點都
不怕……
啰啰
啰啰
啰啰
啰啰
啰啰
啰
遜
唉！妳們這群恐龍妹
比牠更恐怖！
哇~吼吼~
吼
唉

老實招來！
你是不是獸區
派來的臥底??
!!
據我觀察，
他不太像是臥底。
POWA
還是這位大姐
明白事理呀!!
SO SO SO
因為你更像該死
的恐怖份子!!
SWA
SWA

你已是砧板上的肉了 !!!
糟了 !!
嘗嘗我的剁骨斬呀！
SLASH
?!
竟然能躲過大姐的剁骨斬 !!
身手不凡 !!
十足爆發力 !!
誰這麼沒道德，亂扔香蕉皮 ?! 害我摔一跤 !!

時報漫畫叢書FTL0875

烏龍院活寶Q版四格漫畫 第4卷

作　　者—敖幼祥
主　　編—陳信宏
責任編輯—尹蘊雯
責任企畫—曾俊凱
美術設計—亞樂設計

發 行 人—趙政岷
編輯顧問—李采洪
贊助單位—文化部

出 版 者—時報文化出版企業股份有限公司
10803臺北市和平西路3段240號3樓
發行專線—（02）2306-6842
讀者服務專線—0800-231-705・（02）2304-7103
讀者服務傳真—（02）2304-6858
郵撥—19344724 時報文化出版公司
信箱—臺北郵政79～99信箱
時報悅讀網—http://www.readingtimes.com.tw
電子郵件信箱—newlife@readingtimes.com.tw
時報出版愛讀者粉絲團—http://www.facebook.com/readingtimes.2
法律顧問—理律法律事務所　陳長文律師、李念祖律師
印　　刷—和楹印刷有限公司
初版一刷—2019年3月22日
定　　價—新臺幣280元

時報文化出版公司成立於1975年，1999年股票上櫃公開發行，
2008年脫離中時集團非屬旺中，以「尊重智慧與創意的文化事業」為信念。

烏龍院活寶Q版四格漫畫 / 敖幼祥作
ISBN 978-957-13-7680-6　（第1卷：平裝）　NT$：280
ISBN 978-957-13-7681-3　（第2卷：平裝）　NT$：280
ISBN 978-957-13-7682-0　（第3卷：平裝）　NT$：280
ISBN 978-957-13-7683-7　（第4卷：平裝）　NT$：280
ISBN 978-957-13-7684-4　（第5卷：平裝）　NT$：280
ISBN 978-957-13-7685-1　（第6卷：平裝）　NT$：280

烏龍院活寶Q版四格漫畫（第1-6卷套書）/ 敖幼祥作
ISBN 978-957-13-7686-8　（全套：平裝）　NT$：1680

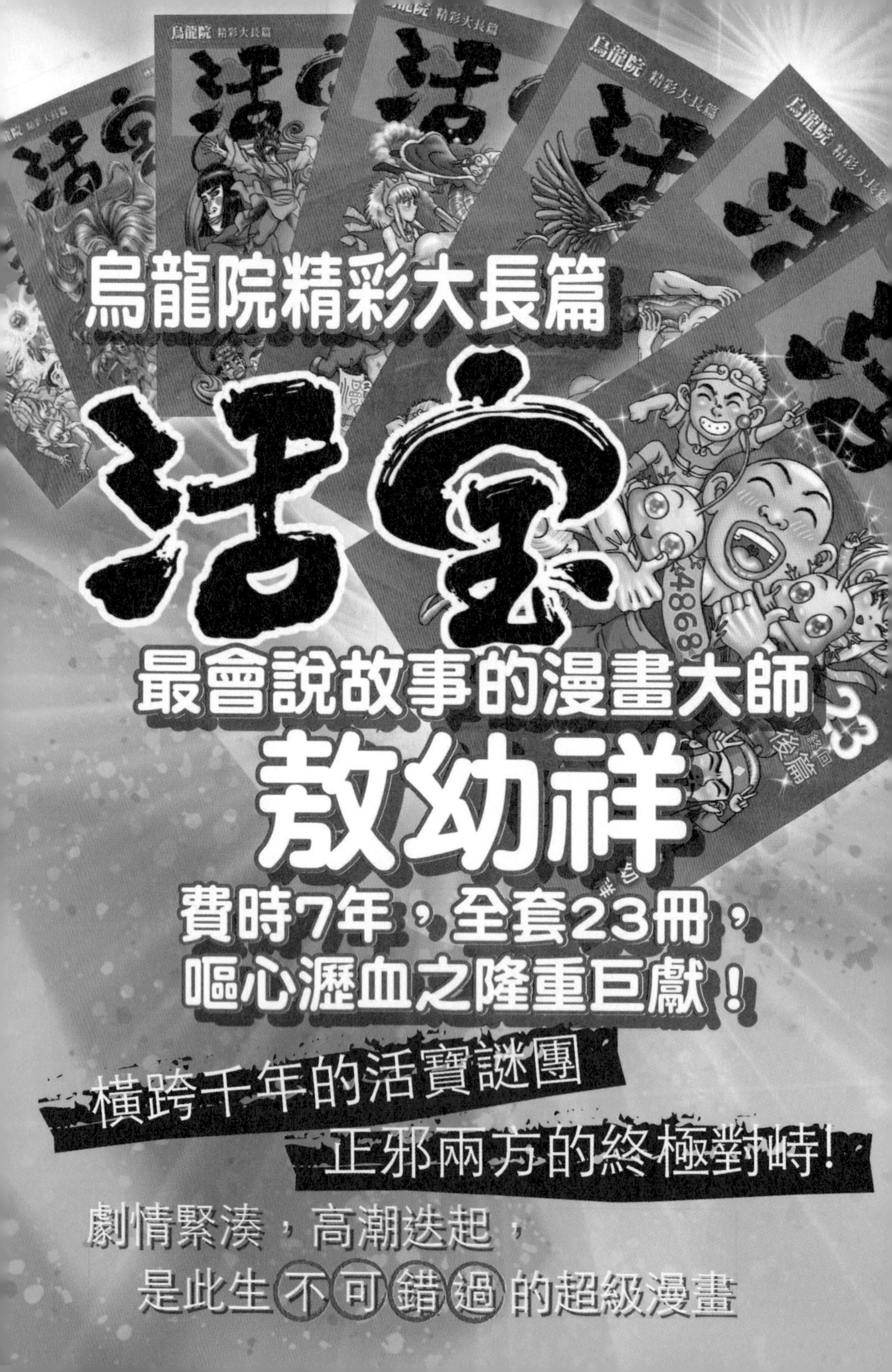
烏龍院精彩大長篇
活寶
最會說故事的漫畫大師
敖幼祥
費時7年，全套23冊，
嘔心瀝血之隆重巨獻！
橫跨千年的活寶謎團
正邪兩方的終極對峙!
劇情緊湊，高潮迭起，
是此生不可錯過的超級漫畫